長歌行
中文愛藏版
編繪
夏達

卷次

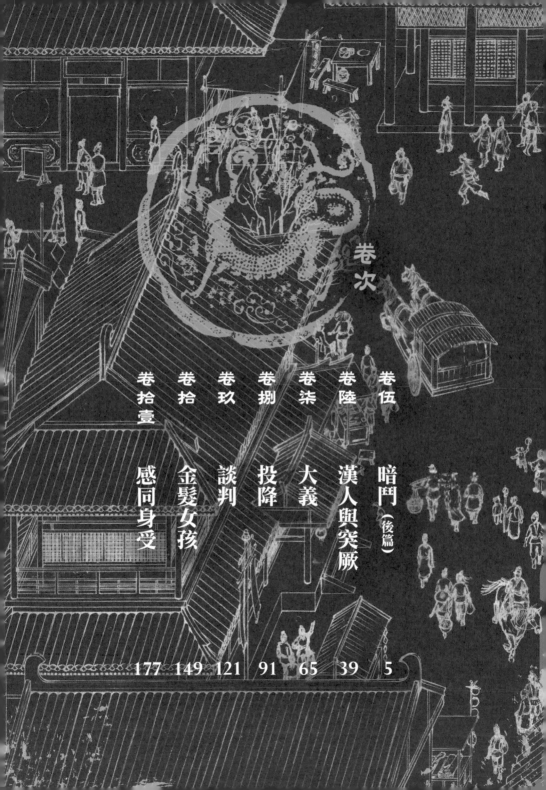

卷伍

暗鬥（後篇）

朔州太守府
大人，我們搜了個底朝天也沒搜著李都尉。
守門的軍士也說沒有見過。
一個大活人，憑空消失了不成！
再去找！
……
是！
大人，目前城中正議論紛紛……

說李都尉畏戰而逃……此戰怕是兇多吉少
更有甚者，說李都尉是突厥奸細……
你信嗎？
下官不敢妄議，
只是此事確實過於蹊蹺……
不要說了，下去吧。
是！
大人您要的酒。

你不擔心
你家公子？
嘩
不擔心
你們家公子啊……
可真是個不折不扣的賭徒。
沙沙

到了
綁上石塊墜入水中，十天半個月的屍首浮不上來。
你小子動作俐落點，事成之後大人重重有賞。
是！

嚓

你……
唰
呀啊～～～
啪！

碰咚
你家大人的賞錢我是拿不到了。
我家大人的賞錢兄台有沒有興趣？
哼哼哼……原來是詐降嗎……
你也別高興太早，
只要我們沒有回去覆命，這事就會暴露。

如何？
你不傷我，我保你一命。
小統領，起來幹活了。
王德彪，洛陽人士，跟隨司馬康十餘年，深得信任。
妻趙氏早亡，留得一雙兒女十分珍愛，
現同乳娘一道養在城西小院內……你很久沒回去了吧？
你……
你做了什麼！

放心
你乖乖的
他們就沒事
無恥！
那公孫恆一向以磊落堂皇自居，
手下竟如此陰險下流！
誰說不是呢
所以你的選擇是……？

此事一成，
倒也沒白挨一頓打
這次你居首功
只是小統領
好大膽，
竟將性命押在
我這個相識不過
半月的手下身上。
我押的是你們
對大人的忠心
看來我賭勝了。
走吧，
接下來
看大人的了。

啪啦啪啦
……

嘿……果然在這。
朔州
怎麼只有你一個回來？
什麼情況？
按大人的計劃我們已殺死目標並綁上石塊沉入水底。
只是那※斥候垂死掙扎，害我倆一死一傷
不過大人放心，小人也已處理妥當。
※斥候：意指密探。
行了
你先退下吧。

現在街頭巷尾都在流傳討論李都尉的「叛逃」
這準備工作小弟都已做好
接下來就看大人您的了。
哼！來人啊，備轎！
太守府

都督……
公孫恆
你可知罪！
下官不明
都督所指……
事到如今
仍不自省!?
我倒想問問，
你那個小軍師
到哪裡去了？
都督恕罪！
此事與大人無關，
他也是……
不要說了！

下官用人失察，
亦無顏自辯
只求大人開恩
護我全城百姓！
且不說那李都尉是怯戰還是叛逃，
你我對上突厥鷹師精銳本來就是勝少負多
若聽我一言以財帛止戈
我倒是有辦法保住這一城的性命。
實不相瞞，
下官已方寸大亂……

還請都督做主
唉……年輕人
我自然不會不管，你這性子以後也得收斂些。
下官慚愧
只是這議和之事……
下官日前那般頑固，
如今不好出面。
都督是城中長官方得您周全才好……
哈哈，這是自然
這幾日就與老夫把清單列好。
是
謝都督大恩。

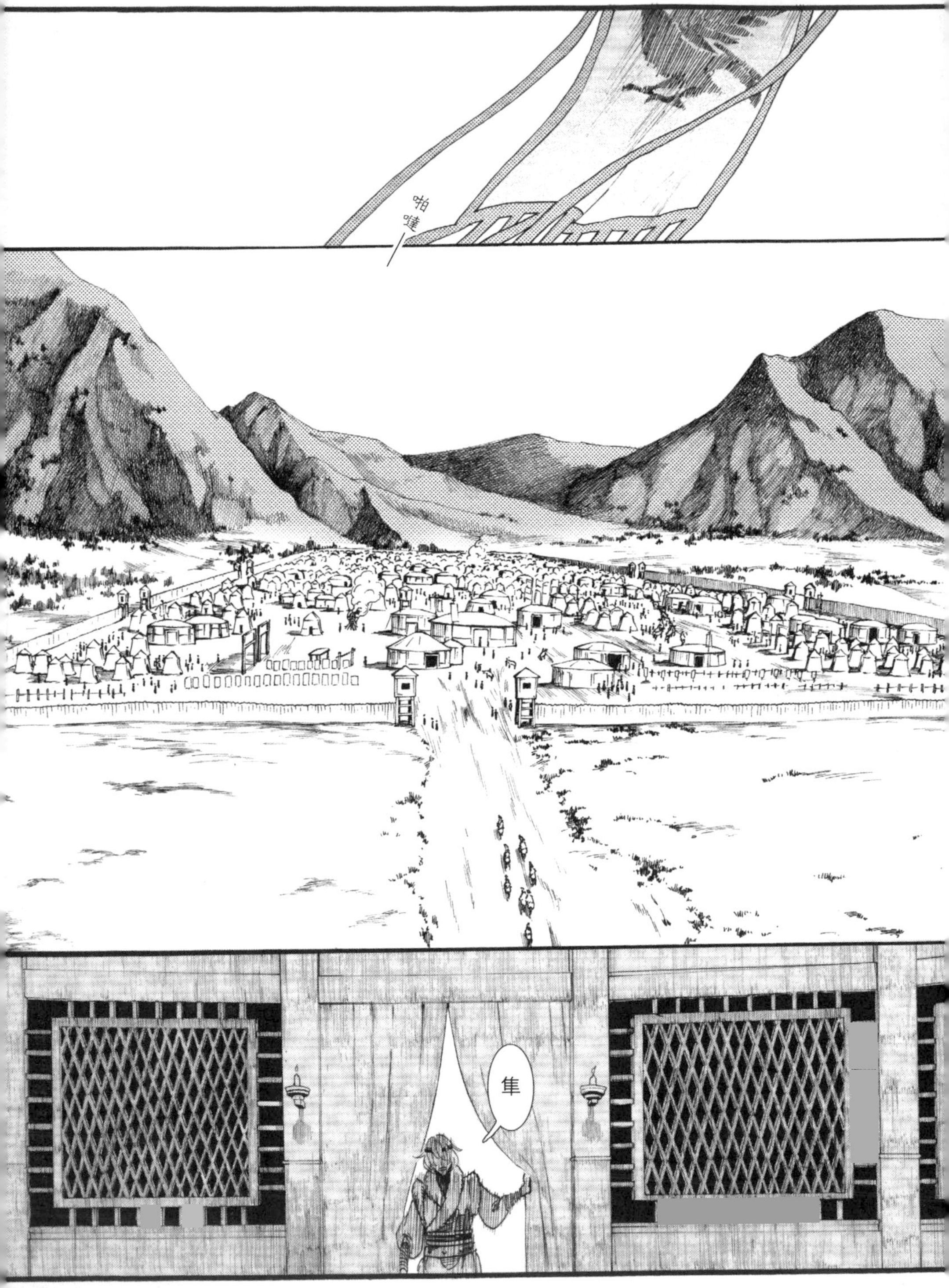
啪噠
隼

看看這個
漢人軍師送來的請降清單，他們還真投降了。
呦！
真不少，朔州果然富庶。
讓老子一展身手不是拿更多？
心情不好？
你覺得呢？

我也知道你現在沒地方發洩，
再忍忍吧，
誰讓這是可汗的計劃呢。
更何況，
還有人正盼著你出錯呢。
去哪？
活動筋骨
咔嗒

你上哪去啊？受降的日子和地點呢？
老規矩
兵臨城下！
颯！
颯！

行軍都督司馬康
代朔州太守公孫恆，
開城獻降遞表
乞阿史那殿下
體上天好生之德
留我全城性命。

朔州百姓上下，
感念殿下不殺之恩。
拿上前來
是！

這是進獻予大軍的財帛糧餉，
請殿下過目。
唰

殿……殿下!?
有埋伏！撤！
嗖嗖々
嗖嗖々

嗚哇哇哇哇！
將……將軍明鑑！
小人對此真的毫不知情！
砰隆—！

漢人在城外設有伏軍!!!
城外不可能有軍隊啊！我是真的不知！
一定是那李都尉搞的鬼……

是誰讓你來監視我們的？
大可汗還是小可汗？
咦？
你倒是給我們找了個殺人的好理由。

哈哈！都尉真是神機妙算！
此番定能拿下敵將項上人頭。
火速傳令，
餘下一千人馬帶火箭直搗十里外突厥大營！
勝負就在此一戰了

大人與李都尉端的好計謀，
屬下也被瞞過了
不這樣哪做得逼真
給長安的報文擬好了嗎？
是，突厥出爾反爾殺了請降的司馬都督，我等無奈死守朔州，望聖上派兵增援。
大人！
大捷！大捷啊！
李都尉果然智計無雙，郭某真心服了。
趁現在士氣大漲，一鼓作氣攻打過去吧！
……
不可。

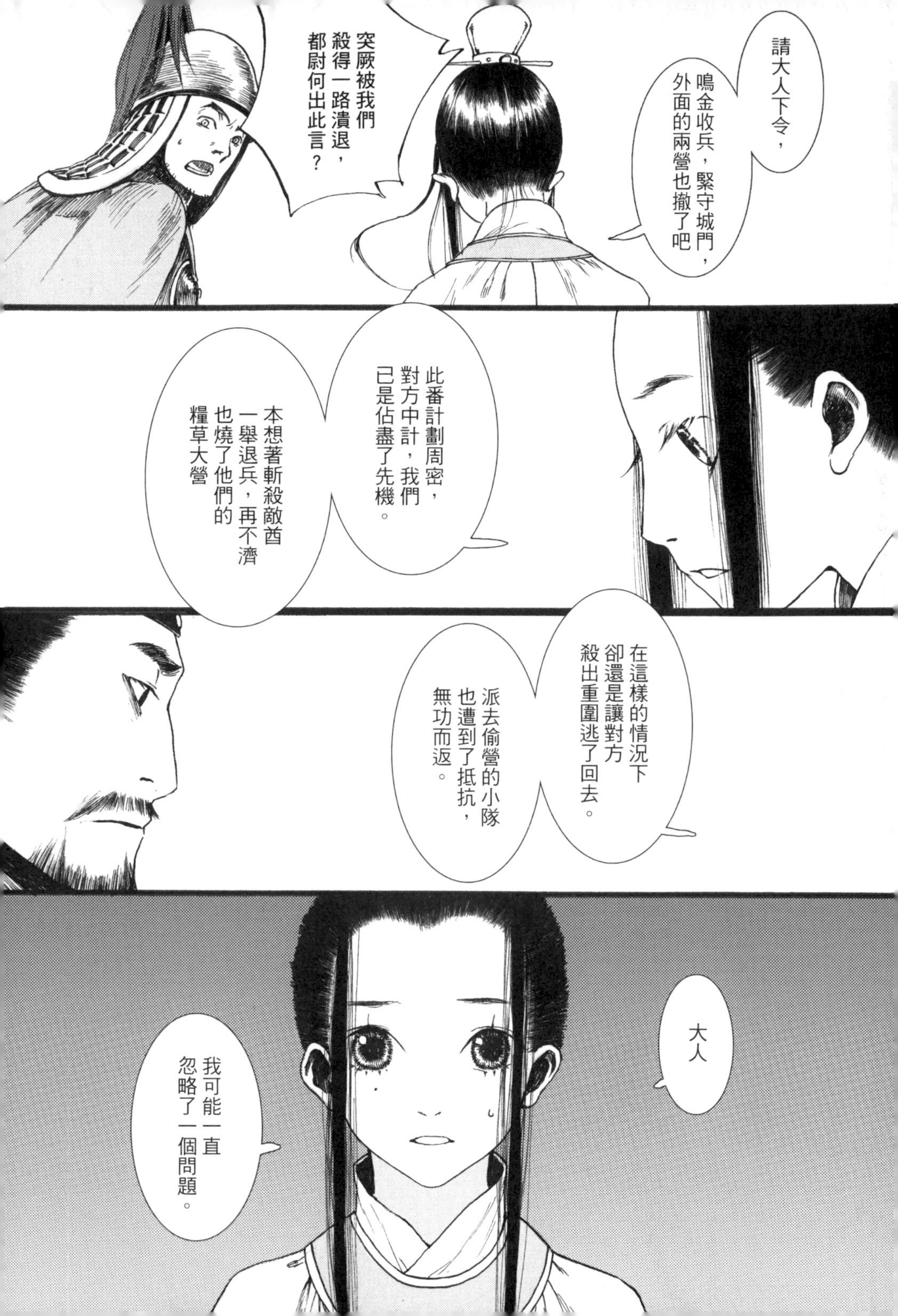
請大人下令，鳴金收兵，緊守城門，外面的兩營也撤了吧
突厥被我們殺得一路潰退，都尉何出此言？
此番計劃周密，對方中計，我們已是佔盡了先機。
本想著斬殺敵酋一舉退兵，再不濟也燒了他們的糧草大營
在這樣的情況下卻還是讓對方殺出重圍逃了回去。
派去偷營的小隊也遭到了抵抗，無功而返。
大人
我可能一直忽略了一個問題。

燒了幾十個帳篷，沒啥大礙，
差點著了道。
這麼不要臉的打法，
倒是值得一戰。
早說了漢人很狡猾的。

我要那個李都尉的底細。
已經派人去打聽了。
能在你手上占到便宜，想來也不是無名小卒，
可惜……
戰術與戰略雖好，卻忽略了根本問題。
你覺得漢人戰鬥力怎樣？
渣！

長歌行

中文愛藏版

阿竇

原是品香齋所收容的流民小二，在品香齋燒毀後拜長歌為師，一同至朔州。對長歌佩服得五體投地。

卷陸

漢人與突厥

咳
咳
師父
咳的要死
還不關窗，
折騰個什麼勁呢

大人那邊有什麼動靜？
大人說要你好好休息，
有了消息再來叫你。
嗯……
……
師父，我算是明白你的意思了。
你是想在這裡掌權，招兵買馬，做自己的根據地吧？
那太守大人知道你的心思嗎？他會讓你這麼幹？
嘿
小子不錯，
開始動腦筋了。

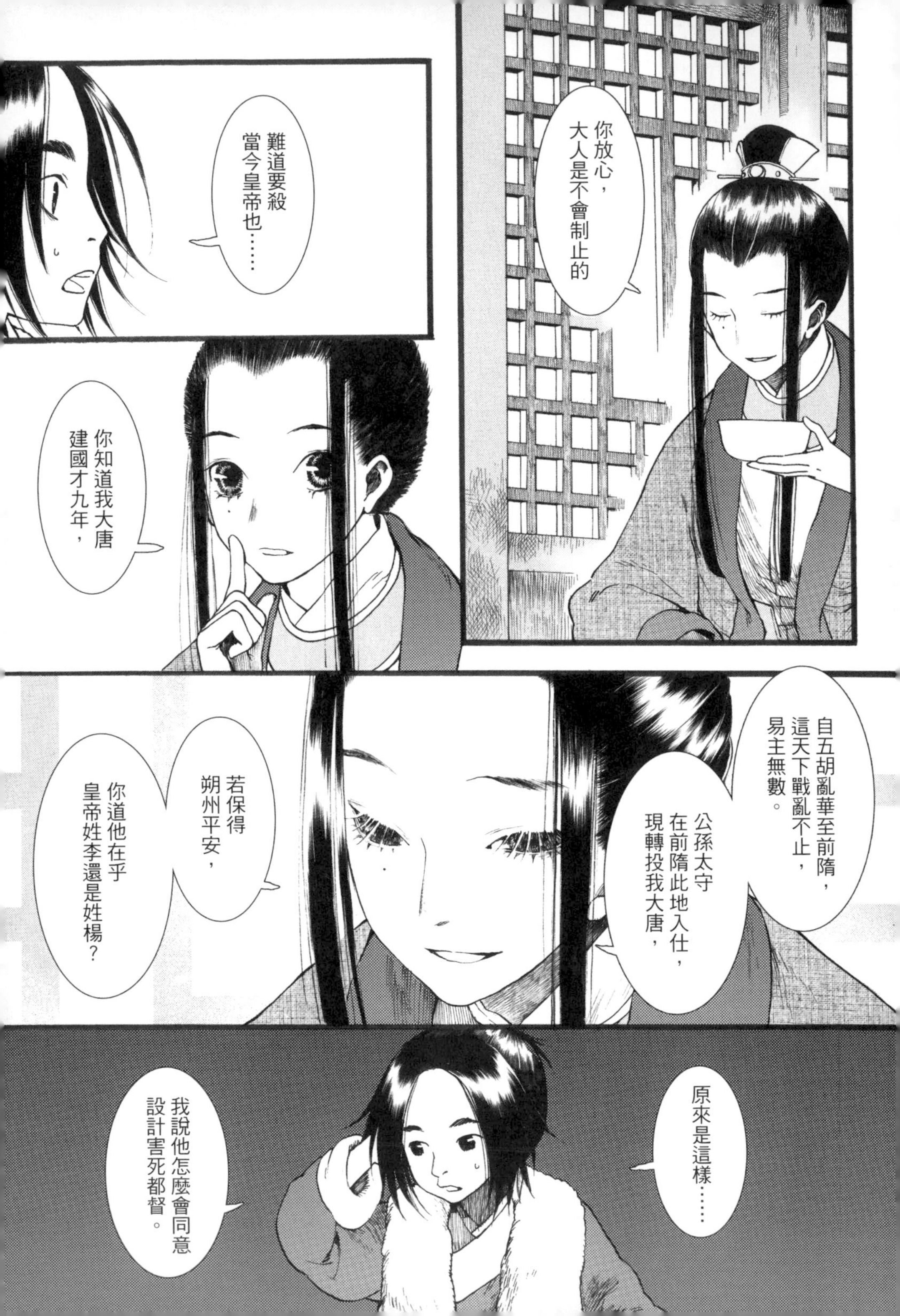
你放心，大人是不會制止的
難道要殺當今皇帝也……
你知道我大唐建國才九年，
自五胡亂華至前隋，這天下戰亂不止，易主無數。
公孫太守在前隋此地入仕，現轉投我大唐，
若保得朔州平安，
你道他在乎皇帝姓李還是姓楊？
原來是這樣……
我說他怎麼會同意設計害死都督。

不過就算佔了這兒，還得應付北邊突厥人不停的騷擾，
他們想來就來，我們卻只能疲於防守，
真窩囊
……
西漢時，中原一直為匈奴所苦，
直到冠軍侯霍去病的出現，
他戎車七征，合圍單于，二十二歲大勝於狼居胥山，
經此一戰，匈奴遠遁，漠南無王庭。
做天下一等一的少年英雄，
便不會窩囊

師父，
你就等著
我來打跑突厥吧！
李公子
大人請您過去
來了
那我就等著你了，
竇大將軍
你就等著吧

阿史那隼是突厥
吉利可汗的養子，
異常驍勇，
非常被可汗看重。
以前一直
遊戰於西北部族，
從無敗績，
我們果然
小看對手了。
咳
咳
……
有點奇怪
之前我認為
對方按兵不動
是害怕我們的計策，
後來才發現
對他們的戰力來說
這些不值一提。
那到底是在
等什麼呢？

可惜……沒借到兵，不然倒是反擊的好時機。
是啊……好不容易除掉了司馬康，沒想到幽州、并州卻成了空城。
說是有長安的調令，軍隊十天前就調走了。
突厥原因不明的按兵不動，周圍軍隊原因不明的調動，
這其中的關聯到底是什麼？

難道……
不會是……
大人！
緊急軍情!!

突厥可汗率十萬鐵騎南下突襲，
已經打下涇州，馬上就到長安了!!!
朔州
涇州
長安
為什麼現在才來稟報!?
這次突厥進軍太過迅速，
發現的時候已經離涇州不到十五里了。
原來如此……

用一支疑兵
牽制邊境的軍隊，
主力部隊
強行突擊長安，
突厥目的就是一擊
斬掉大唐的首級。
怪不得阿史那隼按兵不動，
他就是等我們搬救兵，
越多越好。
那麼，
我這次是被牽著
玩了一遭吧……
啪
不要想著
一切盡在掌握。

你才多大啊，給我們這些老傢伙留點活路吧。
來，想想接下來最重要的是什麼？
……
現在疑兵失去了作用，朔州又是孤立無援，
他們一定會打過來，我們要全力防守。
防守。
很好，交給你了。
是！

那李都尉是個不明來歷的少年，一個月前來投奔朔州太守公孫恆。

水淹和詐降都是他的計策，
公孫恆如今把朔州軍務都交給了他。
你還記得我們打的第一場仗嗎？
哪能忘了呢
那年你九歲，刀比人還長，上陣前足足灌下了兩罈烈酒
怎麼，開始懷舊了？
跟漢人打，這是第一次。

那個李都尉要留活口。
很久沒見你這麼高興了。
可汗過涇州了吧？

是啊
我們已經不用做疑兵了。
去吧

駕！
走了！

嗚
拿下朔州！
嗚
拿下朔州！
嗚

長安 太史局
杜大人好定力。

突厥十萬大軍就要打進長安了，
兵部尚書還在我這裡飲酒
你幫我尋到了人，
我還一直未曾當面致謝。
那麼你打算怎麼辦？
你指的是軍情還是女禍？
都是

我十日前就密令
戍邊兵馬回防長安，
我料到了
突厥會有動作，
卻沒料到他們
來得如此之快，
若趕上了或可一戰，
若趕不上……
就跟著陛下
以卵擊石吧。
你看起來
很有自信。
我相信陛下。

至於那在朔州的女禍，
就交給突厥人吧。
你不怕她就勢投靠突厥作亂？
不可能
無論她如何不擇手段復仇心切，
都絕不可能投靠突厥。
為何？

因為她是大唐的公主。
有意思。
……
吹
吹
吹

陛下在擂鼓聚將，
大人該過去了。
李大人
觀天象，此戰凶吉如何？
巫卜之言，大人當真在意？
巫卜之言，幫我尋到了人。

大人放心
天佑大唐，
國祚綿長。

長歌行

中文愛藏版

緒風

公孫恆親信，對主子忠心耿耿，受公孫恆指示擔任長歌護衛，隨侍在旁並執行長歌所下的密令。

卷柒

大義

朔州與突厥軍
歷經慘烈交戰
死傷無數。
然而入冬後
戰況仍舊膠著
趁著天降瑞雪
百姓終於能稍事喘息。
快！
動作快點！
多派
人手來。
李都尉！

是，只是那城牆的修葺……
交給百姓壯丁。
咳
若不是突降大雪，我們也不得這片刻喘息
突厥隨時會打來，用最快的速度修復。
是！
這邊還有！

放手！
我的！
怎麼回事？
都尉有所不知，
歷來城中戰時，大人都讓百姓拾撿箭支等武器，拿去軍中換取糧財。
一來省卻我們的時間，二來也給百姓添些生計。
今時不比往日，叫他們回去
馬上關閉城門。
是
咳
咳

師父，趁現在我們打過去吧！
這場雪不就是天時嗎？
突厥人打了快半個月也沒打進來！
現在正是我們反攻的好機會啊！
……
我們佔著城高牆堅全力防守，突厥騎兵也不善攻城，
可你知道我們的損耗是多少？
兩倍……
我們的傷亡是對方的兩倍。
若沒這場雪，
我們只怕撐不過三天。

難道我們只能坐以待斃？
撐，撐到長安戰事一了，就有援兵了。
來人！
都尉請吩咐
用水澆牆，凍到嚴實為止。
另外用大缸在城頭蓄水，備好柴薪。
是，都尉打算用滾水禦敵？
用冰水，
別讓缸裡的水結凍上。

夫人怎麼在這裡？
夫人仁厚勤勉，每起戰事必傾心盡力，
照料傷員後勤諸務，平撫民心全在夫人一身呢。

李都尉
長歌見過夫人，
天氣寒冷，
此地又骯髒雜亂，
還是讓長歌
送夫人回府吧。
都尉多慮了
身為後院婦人，
能做的也就這些了
現在朔州安危
繫於都尉一身
都尉要多多保重才是。

夫人……
軍情再緊，也不能一直拒絕就醫
都尉還是不要再拖了。
等戰事結束……
李都尉!!!
長安的斥候回來了!!!
大人請您過去！
來人！備馬！

長歌先行一步，夫人也請早些回去！
秦老
老奴在
你先回府吧，看看大人那邊怎麼了。
是
太守府

大人！
長安如何？
大人、都尉，長安大捷!!
慢慢說，長歌你也坐下。
一個月前，突厥大可汗就破了涇州，直逼長安城下，
會兵二十餘萬，列陣於渭水北岸。

然而陛下設下疑兵之計，率六騎於渭水橋上斥責吉利可汗背信棄義，
吉利可汗見陛下氣度堂皇，認為長安有伏，便先怯了戰。
最後也沒敢更進一步，退兵於渭水。
陛下在做秦王的時候便已是四海揚名，
果然是天縱英才啊。
哼！

那麼長安借調的兵馬回邊境了嗎？
我們的求援可有回應？
這……
卑職從長安出發時
仍沒有消息。
怎麼可能！已經過了這麼久！
不光如此……
進奏院報提也沒提過朔州戰事。

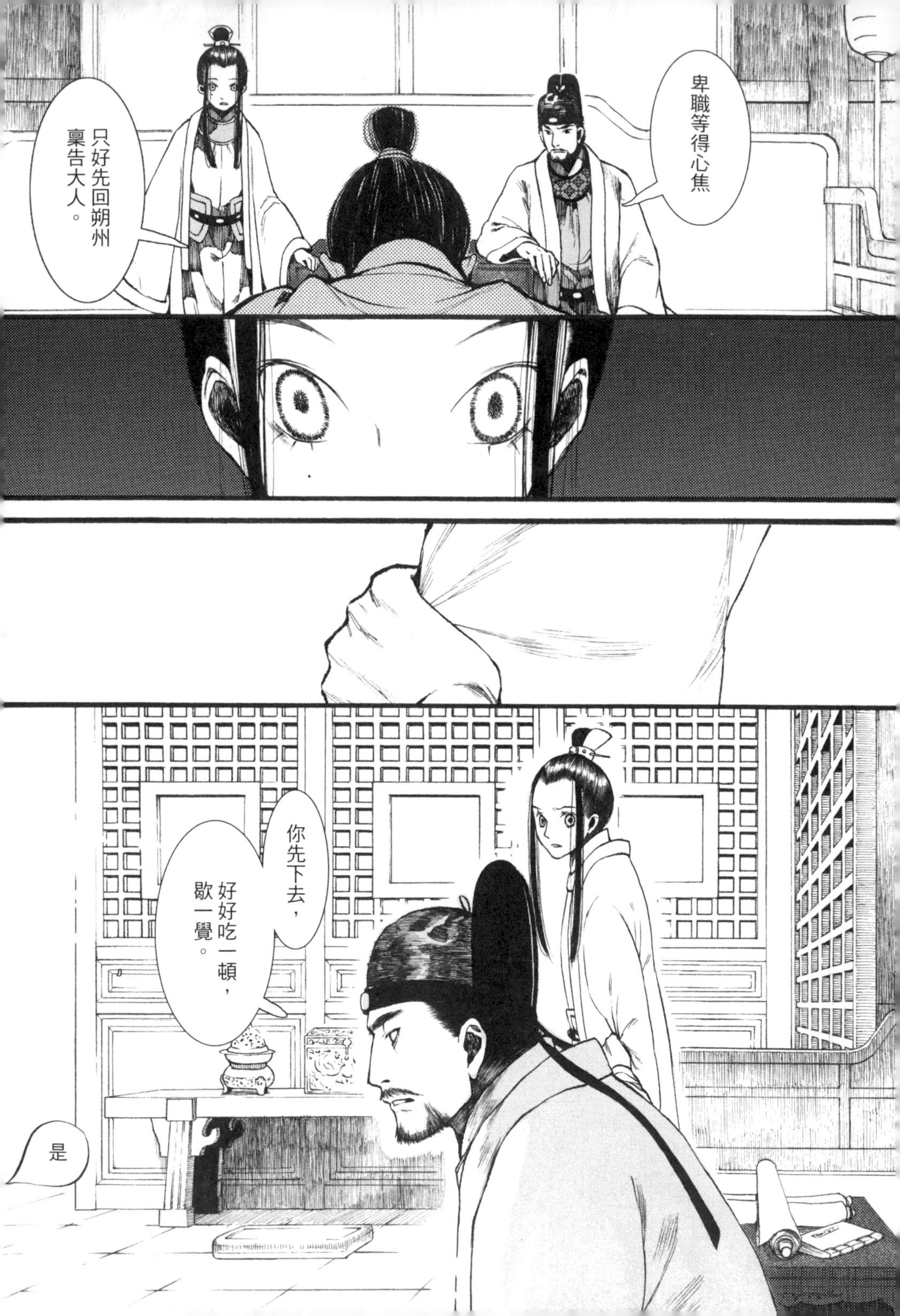
卑職等得心焦
只好先回朔州稟告大人。
你先下去，
好好吃一頓，歇一覺。
是

大人！這……
棄子
不用懷疑
就像你想的那樣。
我們已經被放棄給突厥了。

還有辦法的。
大人，
我們可以佯裝撤退⋯
在城裡置上火硝乾柴，
等突厥人一進城便引火焚燒，
借北風之勢定能燒個乾淨⋯⋯

方法很好，我相信會奏效。
只是……
你認為我想守住朔州是為了什麼？
我要守住的不是一座軍事要塞，
而是百姓安居樂業，生生不息的朔州城。

開城，獻降吧！
可現在獻降，突厥一定會屠城啊！
帶這個去。

秦老，讓他好好聽我說話。
大……
嘟
嘟
點穴？
大人
你回來的正好。
長歌……

你的秘密很多，
我並不想知道。
畢竟世上合我脾性的人不多。
你絕頂聰明，卻鋒芒畢露，
不要折在這裡。
這虎符可以調動朔州所有軍隊，
庫房鑰匙也都在此。
帶上我的首級去獻城，
城中諸人或許還有一線生機。

收好，
秦老是我的臂膀，有問題他會助你。
大人
您要我看著您去死，
是不是太過分了點？
……

看看這場雪，
若無意外，明年必定大豐收。
這城中上萬戶人家，
竟無一人出逃。

你總惱我頑固，
你又何嘗不是？
往後跟著長歌吧！
這小子或許有你想要的道。
乘麒麟以馳騁兮。

來吾道夫先路。

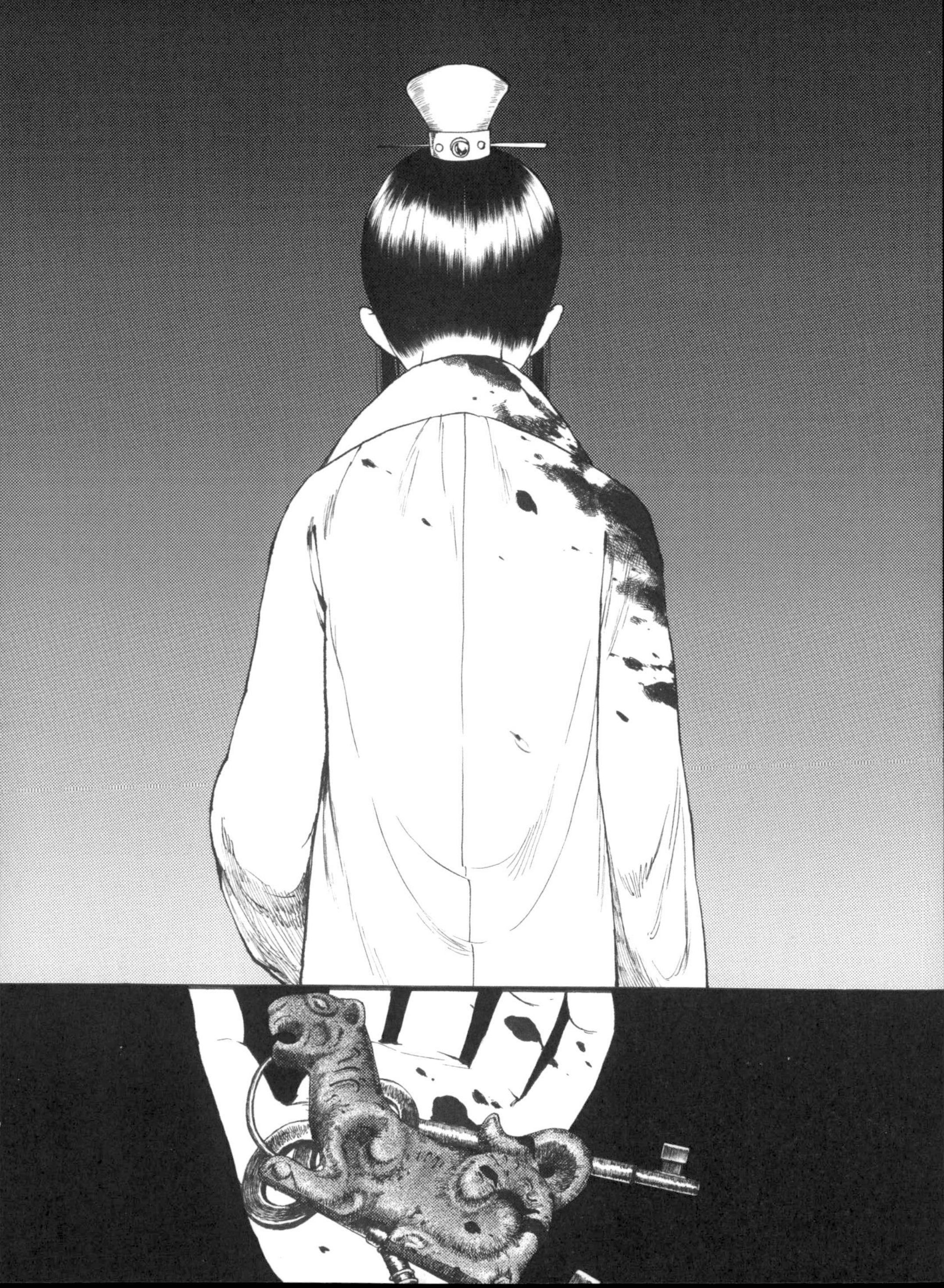

長歌行

中文愛藏版

公孫恆

歷經兩朝朔州刺史，
亦是提拔長歌的人，
廣受朔州城民愛戴。
於突厥兵犯告急時，
為保護滿城百姓性命
捨身自刎。

卷捌

投降

嘟
為何不救？

砰
為何不救!?
噗通
如何救?

你且教我，
如何救？
你在幹什麼!?
放開我師父!!

嗚哇！
怎麼回事？
秦老？

夫人節哀
大人也是為了這一城的性命，
李都尉與老夫誓死護得夫人與媛娘周全。

既嫁與他，又怎會料想不到今日？
秦老無須勸慰
讓我與夫君獨處一會。
咳
咳

咳
咳
師父！
你沒事吧!?
別再耗神想如何破局了，
先想想如何善後吧。

你是何時起的這個念頭？
三日前？五日前？
還是……每一次？
你卻從不與我說起。
生逢亂世，
盼與夫君溫酒烹茶，看盡春秋，
只是說不得的奢望而已

罷了罷了……
夫君以身殉城，求仁得仁。
壯哉，美哉
只是少不得……
媛兒要吃些苦了。
咚—

！
喀啦
夫人!!
師父！

笨蛋……
都是笨蛋！沒有人會感激你的!!!
那些草民根本就不會記得!!
笨蛋！
他又何嘗需要這些？
「濟萬民」是公孫恆的道。
他讓我跟隨你。
你呢？你的道是什麼？
……

好好聽著
我李長歌「生前」是先帝親封「永寧公主」
是先太子李建成之女，如今是個已死之人。
屠我滿門者，是弒親篡位的當朝天子，我的叔父李世民。
哪怕是天，我也要逆其而行，
這就是我的道。
敢從否？

女……女人？
呵呵……
老夫秦古已過耳順之年。
以謀士之身，至今已輔佐過五位主公，
皆是有大氣運在身不乏帝王之相者，
最後都鬥不過李氏一家，
兵敗身亡。
李公子果真要留老夫？

好
好
李氏長歌
請秦老先生以己之智，助我之志。
這等「運」與「勢」，倒當真有趣。
老夫就賭上這把老骨頭，
陪小主公走上這條道吧，
少不得要拼一拼了。

居然能讓他們掙扎了那麼久。
這些守城的手段倒是新鮮。
雪停後可破？
嗯
走吧，回去喝酒
你從前跟我提過漢人的「兵法」

嗯？
打仗的經驗和技巧都可以從書本裡學到？
老子打了十年仗，
對手只是個小毛頭，
……你打算學漢字嗎？
我可以教你。
……

主公，下去養養神吧
大人的死訊已經訃告全城，請降書擬好了，明天就送出。
咳
咳
咳
您又何必如此自苦？
……
我陪大人，看看朔州城。

……
秦老，銀庫和軍械庫的賬目重做了嗎？
是，瞞下了三分之二，只是這些銀兩物件如何隱藏？
用太守府的秘道
我手裡還有一支斥候暗衛，你帶他們把東西偷運出去。
找地方藏好不要被突厥……
咳咳
交給老夫休要再勞神。
然後……

把阿賓和媛兒也帶出去，
沒有我的命令，誰也不許回來。
您對這次獻降並無把握？
大人留下的這點血脈和家當交到你手中我才放心。
大人用首級為朔州換來的一線生機……
我定會守住。

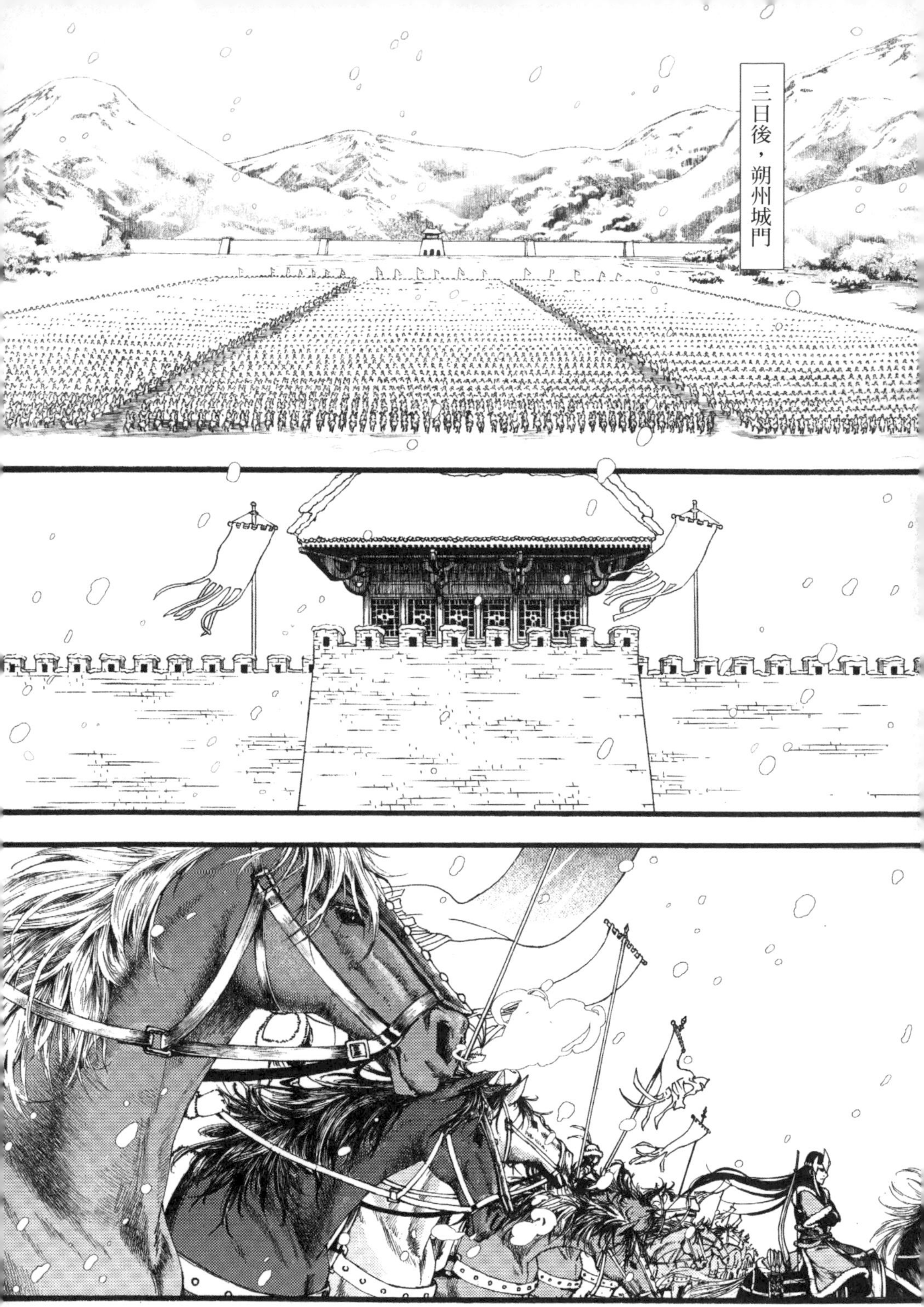
三日後，朔州城門

你居然接受了投降，
說實話我很驚訝。
這次不會是詐降了吧？
是也沒所謂
殺光就是。

唷！
……
朔州輕車都尉李長歌，
代全城軍民，開城獻降。

太守公孫恆大人
領罪自戕。
願罪己之身
息殿下千鈞之怒，
首級在此
請殿下驗看。

跟我鬥了那麼久的，
竟然是個像女人一樣的軟蛋？
我等抵死頑抗，自知罪孽深重，
全城銀糧庫藏等任殿下檢閱，
望能彌補一二，
只求留我全城性命。

憑什麼？
你憑什麼認為
我不會屠城？

秦古

本是公孫恆的心腹軍師，在朔州兵敗、公孫恆自盡後，轉為長歌所用，保護公孫恆遺孤與阿寶出逃。

卷玖

談判

憑什麼認為
我不會屠城?

殿下驍勇，
在下兵敗被殺
無話可說。
只是……
想讓這全城性命
引頸受戮
卻是不可能的。
大不了，
玉石俱焚。

哈哈哈哈！
聽那個漢人崽子說什麼？
笑死人了！
這麼說，你覺得自己還有回天之力？
實不相瞞，只是城中已佈滿乾柴火硝，
若殿下免開殺戒，我等自然惜命。
若殿下執意要屠城……

那就只好請殿下
與朔州同歸於盡了。
嚓
告訴你一件事，
我最恨被威脅。

殿下言重了，
這只是一場
交易而已。
聽說你們漢人
把詭計多端的
叫做人才，
你算不算？
啪
噗咚
你沒資格
跟我談交易，

做一條替我
賣命的狗，
就饒你們
一城性命。
……
為什麼
不殺了這小子？
什麼？

別讓我等太久，
我耐性不好。
長安

朔州如何？
不出數日，就會淪陷。
為何從未聽愛卿提起？
突厥在長安未有斬獲，必定會侵擾邊境。
棄一城一地，藉機調軍佈防。
此乃斷尾求生之策，也是陛下應允過的。
僅此而已？

僅此而已。
朕一直聽聞朔州公孫恆重農耕，善養兵，濟萬民於水火。
可惜了。
是啊……

可惜了。
那麼，殿下能不能再同意我兩個條件？
第一，
城中庫房任君拿取，請不要侵擾百姓。

第二，
請厚葬太守夫婦。
這麼說，
你同意了？
我還有別的選擇嗎？
哼

我敬公孫恆是個英雄，你不說我也會厚葬。
草民的那點口糧老子也不在乎。
進城
咳咳
咳
咳
咳

跟上，小軍師。
別耍花招，
去最前面

秦爺爺
爹爹和娘
什麼時候會來?
……
媛兒不冷。
穿上
老爺子,

我要回去。
不能讓師父一個人留下。
回去忠心護主？
還是讓你師父分心來護住你？
我能幫上師父！
幫？
若不是要照顧你們，
我也不會離開朔州城。
你的意思是我是累贅？
年輕人，

有勇氣、有擔當是好事，
有能力才是前提。
你小子，還早得很。

混蛋
朔州
如何？
清點完了
賬簿在這。
還真挺肥的，
要不要看看？

少拿漢字來煩我，
叫他們趕緊裝車。
你不覺得該把城裡的乾柴弄走？
留著，
不然某人不安心。
你真打算把那傢伙帶走？
當然
那小子人呢？
還在墳頭上哭吧！

若不是我等作戰不力，大人和都尉也不會……
這不能怪你們。
看情況突厥掠奪完就會離開，你們安心候在朔州。
若不是都尉，朔州已是屍山血海。
只是，您難道真要……
我知道你們想問什麼，放心。

無論身處何地，
我都不會幫外人屠我大唐子民，犯我大唐邊境。
我終究還是大唐的……
子民。
咯啦
咯啦

喀
啦
喀
啦
喀
啦
喀
啦

啪
突厥的走狗！
叛賊！
賣主求榮的奴才！
裝什麼大義凜然呢！
太守和夫人壯烈殉城，
倒是便宜了你這無恥的小人！

你怎麼還有臉苟活於世！
鏘——
殿下
你答應過不殺人。
休要再惺惺作態！
你不是還想放火燒城嗎！
來燒啊！懦夫！

咳
咳
嘖嘖，真是委屈啊
不想辯解？
……
是非曲直有那麼重要嗎？
人只會相信自己願意相信的東西。
看起來你很理解？
是啊
我好像有些理解了。

恐懼太無助，憤怒很茫然……
找個目標來恨，至少不會那麼不知所措。
……
所以還是仇恨最好。
是啊
有些明白了，
為什麼大人覺得這些都不重要。

在我身後的，
是被劫掠一空卻又毫髮無傷的朔州城。

再之後，萬里之遙，是我的故土──
在我身後的，長安
終究是……
回不去了。

長歌行

中文愛藏版

阿史那隼

東突厥將軍，大可汗的養子。在朔州一役中，接受了長歌不屠城的請求，但亦以此為條件，將長歌俘虜回突厥。

卷拾

金髮女孩

喀啦
喀啦
喀啦

咯当咯当
咳
咳
小時候……
曾聽先生們說
呼
呼

突厥地處北境，
擇水草豐茂之地，
游牧而居。
不事生產，
崇尚武力，
每年草木枯黃之季，
便會南下
侵掠漢人糧財過冬。
並稱之為「冬狩」
那時候，
也僅僅只是聽聽而已。

嘎
又何曾想過……

東突厥 阿史那隼部族
會有今日……

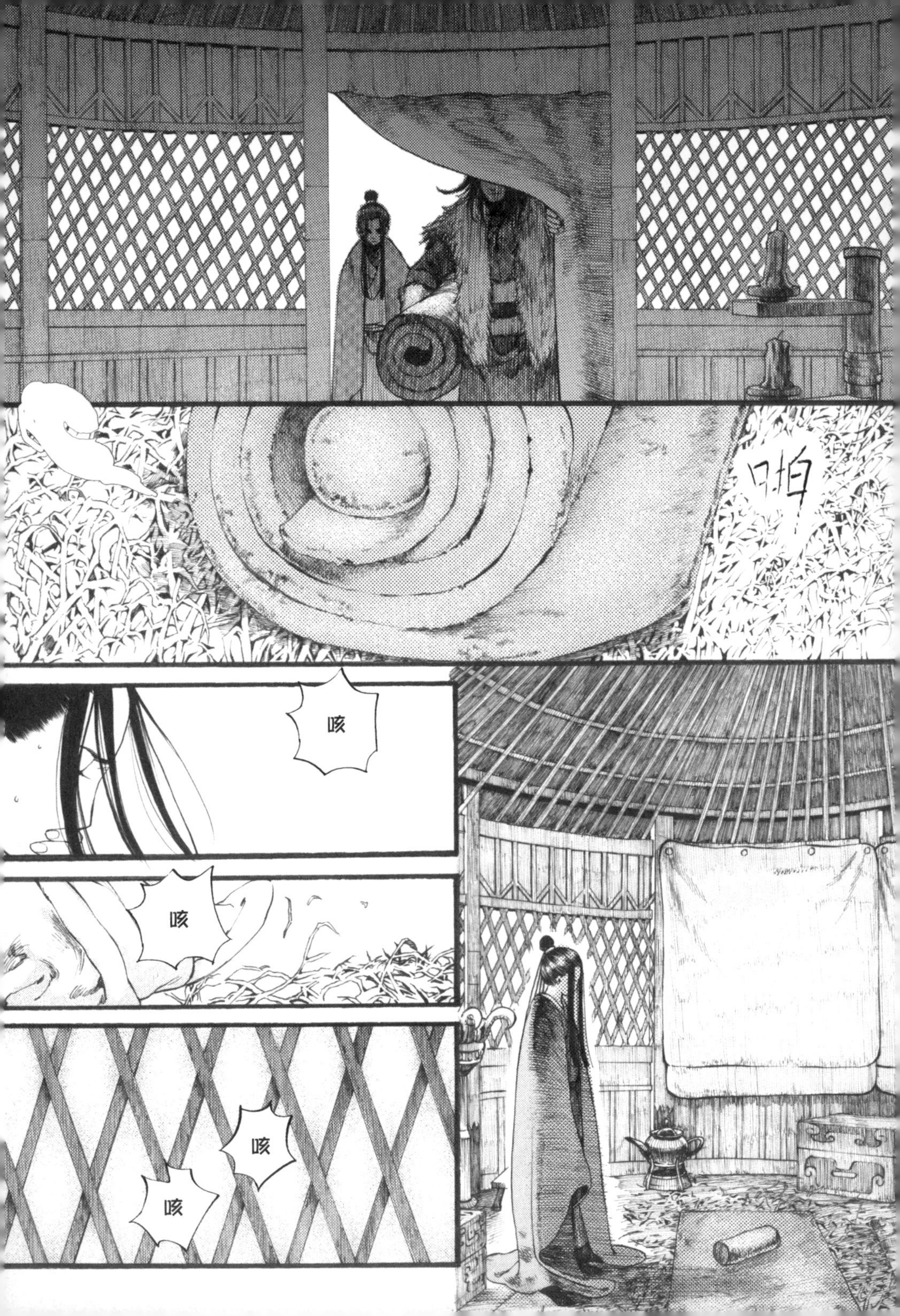
啪
咳
咳
咳
咳

呼
呼
我應該……先爬起來，
想辦法弄清楚這是哪……
……動不了……
我會死在這裡嗎？
……為什麼反而鬆了一口氣……

穆金！
大帳那邊又送了金銀和女人過來。
說是給鷹師的獎勵，
隼大人說讓你來處理。

不是有現成的老規矩嘛，
我們這次沒有收穫奴隸和女人，
這些女人還和以前一樣處理？
跟以前一樣，
別怕浪費
站住！
抓住她!!!

別跑!!!
再有逃走的就地處決！
嗚哇！
動靜太大會讓可汗的使者聽到，
快點解決了

……
什麼聲音？
女人的哭喊？
聽著像是……
混蛋！
回紇語？

突厥的狗雜種!!

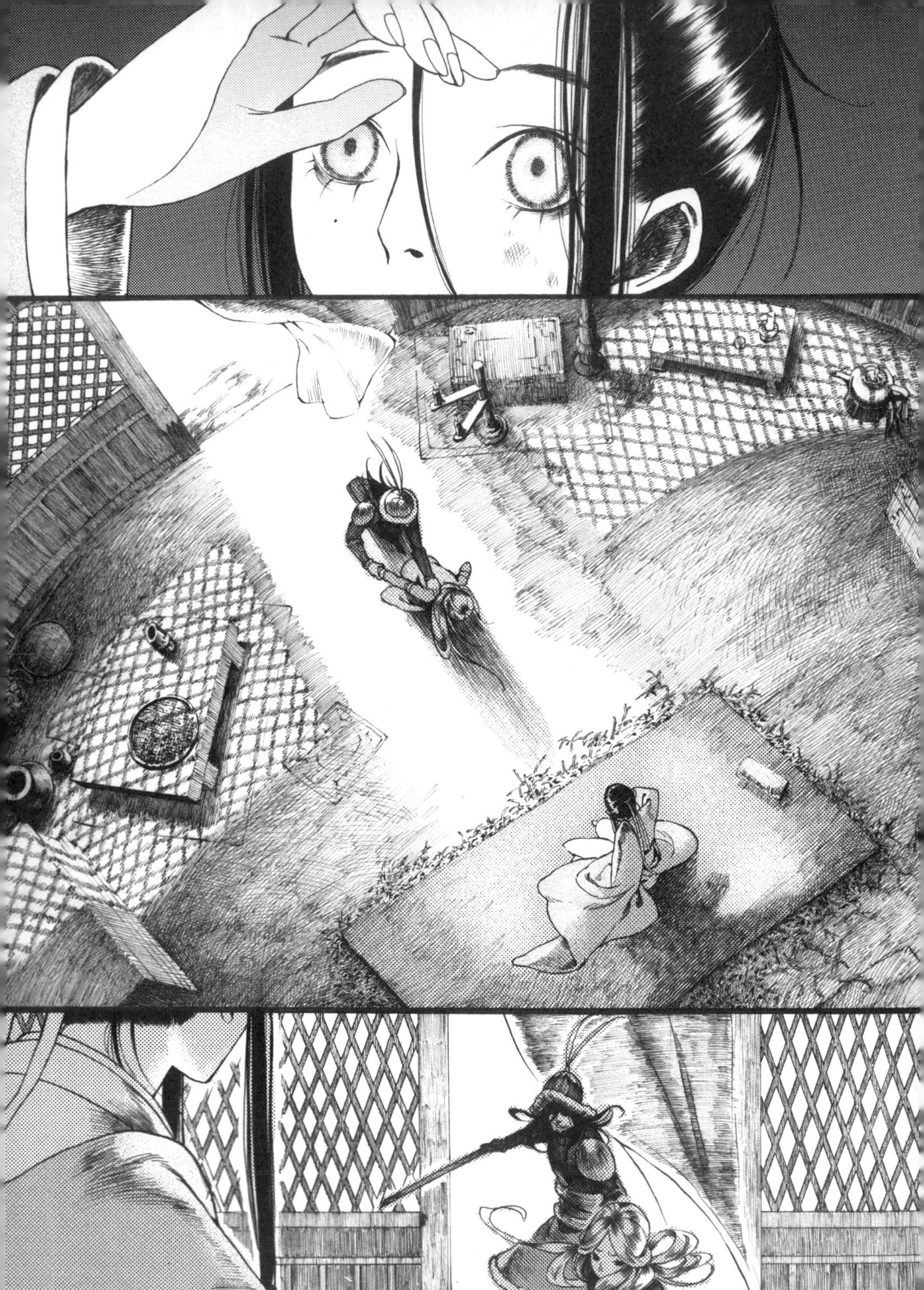

放開她！
放開她。

大可汗跟小可汗
都非常想念隼大人
希望您對這次送來的
禮物感到滿意
聽說冬狩很豐厚，
恭喜隼大人。
托狼神的護佑，
我這也有一份
給父汗的禮物，
有勞使者帶回去了。

這個當然……
咳
咳
隼大人，
那邊出了點麻煩，你要不要去看看？
……
臭小子滾出來！
老子宰了你！

隼殿下
咳
咳
能把這個女人賞給我嗎？
嘖！

在漢人那裡沒碰過女人嗎？
小子
這種女人有什麼好？
殿下眼界高，既看不上，殺了也很可惜
就賞給您的走狗如何？
吃飽了也好幹活啊！
……

在我這裡
最好別隨便收別人送的東西。
尤其是有耳朵有舌頭的東西。
這玩意我拿走了，
別說我沒提醒你，
我們這兒的女人可不好消化。

咳
咳
咳
放心，
我會護得妳周全。
呼
呼

我的母親……
有著一頭燦若流雲的金色長髮……
最昂貴的金線與之相比也黯然失色

一定是因為我跟母親一點都不像，
母親才會不願意看我吧？

母親……長歌在努力呀，
滴答
長歌不會讓母親受欺侮的。
嘩啦！

穆金

阿史那隼的親信，精通漢人的語言文字，總是面帶微笑，城府頗深。

卷拾壹

感同身受

朔州
客官慢用
我去給兩位燙壺熱熱的酒來。
小二，再來壺燒酒。
來啦

幸好突厥人沒搶去我們家中的存糧，
可不是！
那個李都尉真不得好死。
大人一世英明……
怎麼就被這奸人給蒙蔽了！
冷靜
別生事。

聽說新任朔州太守大人就要到了？
你沒見城門的告示？
是從長安直接調來的，天子跟前的重臣啊。
希望是個精明點兒的，
別再重蹈大人的覆轍了。
打聽了這麼久，也只打聽出師父被突厥人帶走了，
我們不過去找還磨蹭什麼？

第一，突厥游牧而居，我們不知道阿史那隼的駐地在哪在茫茫的漠北找小主公就像大海撈針。
第二，突厥人帶走小主公應當不是要害她性命，至少你可以放下這個心。
老爺子說師父傷寒入腑，又思慮過甚，
不等我們救，病也病死了！
……
走吧
回去看老爺子有什麼辦法
只是我擔心的是另一點……

如果小主公僥倖逃得回來，一定會來尋我們。
若是撞進朔州可就真危險了。
渾身滾燙，汗卻是冷的，

以前哥哥
也差點這樣死掉。
當時阿娘怎麼做的？
對，用酒！
用烈酒
擦遍
全身！
再撐一下!!

長歌
幫父王一個忙好不好？
妳哥哥們都不頂用，
父王……
看看小長歌能不能幫父王爭口氣。
第一次這樣跟我說話。

可是…
荒謬！怎可用我們李家的女兒去換這不牢靠的結盟？
突厥背信棄義乃是常事，萬萬不可！
二叔非常生氣。
罷了、罷了，和親之議就此做罷，你們兩兄弟也別再爭了。
不過，小永寧上書自請，孝心可嘉，朕心甚慰，封號就保留下去，賜明珠百顆，金花十對，
皇祖父很開心……我也很開心，大家都很開心，
這樣不是很好嗎？

為什麼您讓我覺得自己做錯了？
我已經是公主了，
您不開心嗎？

混蛋！

遠遠的離開長安，
隨便哪裡都好，
母親的雙瞳，
岫玉一般，光華瀲灩
……如果能活下來，不要像母親，
只是……我從來也不知道她的目光落向何方，
活得像個笑話
一直到最後，母親始終沒有直視我。

我讓您……
如此失望嗎？

女人，
騙子！
……
我要告訴他們
妳會嗎？
……
可惡，
還以為找到了好男人。

我這個靠山
也是靠得住的。
那不一樣。
我的母親
也是回紇人，
只是
我卻從未聽她
提起她的過去，
我只知她被人
從亂軍中救出，
後來嫁給了
我父親。

從此再也沒有回去。
妳現在是突厥人、回紇人、還是漢人？
我是突厥的走狗，漢人的叛徒，回紇的……什麼呢？
……
主人，突厥人是回紇人的主人。
聽好，我會護住妳，說到做到。

以後我們就是同伴了，
我叫李長歌，妳呢？
……
彌……
彌彌古麗。
李

竟然會這樣⋯
咱們派出所有的人手去找吧！
要是還不夠就用那些錢去僱人
你想害死小主公嗎？
反正公孫大人的那些遺產放著也是長黴！
嗯，可行！

陪老朽去外頭走走。
咦？
是！
老爺子，你真的要雇人去找？
是，也不是。
在突厥的領地不動聲色的尋人的確不易，
但有一個方法卻是安全、快捷又有效，
您指的莫非是……
走這條道所需的資本，也是我們最不缺的。
商道。

老爺子，
您不是說真的吧？
商道是啥？
你可曾聽過「交市」？
是邊境上跟胡人做買賣的地方？
簡單的說就是跟胡人的黑市買賣，
走商道可以秘密而自由往來於胡人的地界，傳說大商人還能成為可汗的座上賓。
胡人善鍛，善養馬，他們用這些在交市跟漢人各換所需。
近些年戰亂交市閉多開少，所以才誕生了「商道」。
每條商道都是用人命和金銀換來的，商人視如性命，絕不分享。
老爺子，你是說我們也要開闢一條嗎？
好，就這樣做！
試試吧
看這這次能做到哪種程度。

畢竟有十幾年沒碰過了，
那些人脈和地分也變化了不少。
老爺子…
你以前經營過？
我的第二任主公志在天下，自然少不了招兵買馬。
當時的糧餉便是由這商道籌措而來。
「雁行門」也算是盛極一時了。
雁…雁行門？
那個十來年前神秘出現又神秘失蹤的大商團!!?
老爺子!!我對你越來越有信心了！

你得加緊學習了
你可知小主公尚未滿十五？
僅年長你兩歲。
以前兵敗心下總有些不忿，
直到遇見小主公才明白，太原李氏何以雄霸天下。
輸得不冤啊。
老爺子你們儘管放手教來，
懂與不懂，我都會拼盡全力。

我也有
我想要的天下！
瞧，
那女人又來了。

今天的食物，
你們沒有給我們。
怎麼，
妳那個小男人還沒死？
吃的！
我說你們真把自己當主子了？
又是酒、又是肉，
我們這不養廢物，滾！
啪

喂！
行了、行了，
畢竟是隼大人帶回來的，
等那漢人小子病死了，
你想怎麼收拾她都行。

妳怎麼起來了!?
回來了?
……
別那麼看著我，我已經好多了，真的！
我管妳去死。
有妳在我死不了。
明天我去趟王帳，
這幾天有勞妳了。

妳去那裡做什麼？
無論要做什麼，坐以待斃都不是我的作風，
我喜歡主動權掌握在我手上。
以後妳不用外出
休息了那麼久，
也該好好籌劃籌劃了。
長歌行
第二冊完

ACCC/浪漫畫系列003

長歌行 02

時報書碼：VYO2002

作　　者──夏達
協　　力──龔寅光、包子、阿飛、阿鳥、卓思楊
監　　製──姚非拉

責任編輯──曾維新
美術設計──林宜潔
封面題字──喬平
國際版權──張毓玲

董事長
發行人──趙政岷

大好世紀
總編輯──夏曉雲

出版者──時報文化出版企業股份有限公司
10803台北市和平西路3段240號3樓
發行專線─（02）2306-6842
讀者服務專線─ 0800-231-705・（02）2304-7103
讀者服務傳真─（02）2304-6858
郵撥─ 19344724時報文化出版公司
信箱─ 台北郵政79－99信箱
時報悅讀網─ http://www.readingtimes.com.tw
電子郵件信箱─accc.love.comic@gmail.com
法律顧問─ 理律法律事務所　陳長文律師、李念祖律師

印　　刷──勁達印刷有限公司
初版一刷──2015年8月21日
定　　價──新台幣180元

⊙行政院新聞局局版北市業字第八〇號

國家圖書館出版品預行編目資料

長歌行1 / 夏達著. -- 初版. -- 臺北市：時報文化, 2015.08
204頁； 14.8x21公分. --
面； 公分. -- (ACCC系列；003)
ISBN 978-957-13-6365-3 （平裝）
1. 漫畫

Printed in Taiwan